AF250575

L'USURPATEUR

CULBUTÉ.

L'USURPATEUR

CULBUTÉ,

OU

LA CHÛTE

DE ROBESPIERRE SECOND.

POEME.

PAR JVON-LECERC.

A ÉVREUX,

De l'Imprimerie d'Ancelle fils, Imprimeur
de la Préfecture, etc.

1815.

L'USURPATEUR

CULBUTÉ

OU LA CHÛTE

DE ROBESPIERRE SECOND.

FAROUCHE Européen , tyran usurpateur ,
Toi , du peuple Français acharné destructeur ,
Fougueux Napoléon , fléau de ma patrie ,
A tes sanglantes lois trop long-tems asservie ,
Ton trône est-il détruit ? ton sceptre est-il brisé ?
Le tombeau qui t'attend est-il bientôt creusé ?

Que de larmes , hélas ! n'as tu pas fait répandre !
Que de champs ravagés et de cités en cendre !
Que de beaux monumens et de temples pillés !
Que de brillans palais , d'asiles dépouillés !
Quel monstrueux amas et d'horreurs et de crimes !
Et combien as-tu fait immoler de victimes *?*

Tu voyais d'un œil sec ces spectacles affreux ,
Et tu te repaissais du sang des malheureux.
Les douloureux accens des mères éplorées ,
Alimentaient ta rage et tes fureurs outrées.
Les pleurs de la pitié , les cris de la douleur ,
Excitaient ton courroux , loin d'ébranler ton cœur.

(6)

Néron, Caligula, d'exécrable mémoire (*a*),
Dont les noms odieux déshonorent l'histoire ;
Ces monstres couronnés , bien moins rois que
        bourreaux ,
Qui, tous deux, aux Romains creusèrent des tombeaux,
Pâlissant à l'aspect de tant de barbarie ,
Mettaient par intervalle un frein à leur furie.

Mais toi, tyran fameux, ardent persécuteur ,
Du deuil de l'univers impitoyable auteur ,
Ennemi de la paix et jaloux de la guerre ,
Tu travaillais sans cesse à dépeupler la terre.

De quel souffle, dis-moi, fus-tu donc animé ?
Quel monstre dans sa rage en ses flancs t'a formé ?
Ah ! malheureux , tu n'as jamais été sensible ,
Mais prends-y garde , il vient... il vient ce jour terrible,
Ce jour de ta puissance , épouvantable fin ,
Où l'arrêt prononcé..... Frémis sur ton destin.

Quand tout sera perdu , biens, honneurs et patrie ,
Qu'il ne te restera que la honte et la vie ,
Par ton titre imposant croiras-tu réussir ?
Non : le monde irrité contre toi va sévir.
Le sort en est jetté. Déjà les Euménides (*b*),
Te reprochant partout tes fureurs homicides ,

(*a*) Empereurs Romains.
(*b*) Les Furies.

Vont, en suivant tes pas, et pour remplir nos vœux,
T'entraîner elles-mêmes au séjour ténébreux.

C'est-là que satisfaite une ombre ensanglantée,
Sans cesse poursuivra ton ombre épouvantée.

Là, tu reconnaîtras ce Prince dont le nom (*a*)
N'était que trop nuisible à ton ambition,
Ce rejeton illustre et qui fut ta victime.

Pour usurper un trône il fallait donc ce crime !
L'ardente soif du sang, le désir de régner,
T'engageaient-ils, barbare, à ne rien épargner ?
Pour décorer ton front du double diadême,
Fallait-il immoler jusqu'à la vertu même ?
Vas, le sang de ce Prince rejaillira sur toi ;
Tu l'as assassiné, par surprise, et sans loi.
Comment osas-tu faire un si sanglant outrage
A cet auguste enfant, au printems de son âge ?
Sa voix te crie encor..... « Qu'avais-je fait, cruel ?
« Pour être né Bourbon, étais-je criminel ? »
Mais loin d'être sensible aux cris de l'innocence,
Tu voulus de son sang cimenter ta puissance.

Là, tu reconnaîtras ces illustres guerriers (*b*),
Qui dans les champs d'honneur t'amassaient les lauriers;
Qui t'avaient préparé les sentiers de la gloire,
Pour t'élever un jour au temple de Mémoire,

(*a*) Le Duc d'Enghein.
(*b*) Pichegru et Moreau.

Qu'obtinrent-ils de toi pour prix de leurs travaux ?
L'un subit le trépas (*a*) l'autre après mille maux (*b*)
Par un injuste arrêt que dicta ton caprice,
Fut conduit au lointain. Une main protectrice (*c*)
Caressa ce héros que fixait l'univers,
Ce guerrier malheureux qu'illustrait ce revers.
Un monarque reçut la victime innocente (*d*);
Et par ce doux accueil il trompa ton attente.

Avec cet officier quand tu t'entretenais,
Etait-ce là le sort que tu lui destinais ?
Il t'éclairait souvent de ses doctes lumières ;
Il vantait tes talens et tes vertus premières.
Eut-il alors prévu qu'un rival, son ami,
Devait se déclarer son plus grand ennemi ?

Ah traître ! en le quittant, tu menaçais sa tête,
Tu voulais, sans combatre, en faire la conquête.
Tu voulais voir périr, et sur des échafauds,
Ces guerriers, tes soutiens, qui cachaient tes défauts.
L'Éternel qui démasque et punit un perfide,
Fit échouer soudain ton projet homicide,
Eh ! tu fus trop heureux que ce sang innocent,
Ne fut pas répandu dans ce fatal moment ;

(*a*) Pichegru étranglé au Temple.
(*b*) Moreau.
(*c*) L'Américain.
(*d*) Le Roi d'Angleterre,

S'il l'eut été , grands Dieux ! une puissante foudre,
T'eut, pour notre bonheur, bientôt réduit en poudre :
Mais le ciel qui voulait encore nous punir,
T'enleva la victime et nous laissa souffrir.
Tous ces infortunés , fiers de leur innocence,
N'éprouvèrent pas seuls les traits de ta vengeance.

VINCENNES , ce donjon , ce lieu de désespoir ,
Qui renferma ces Grands, qu'enleva ton pouvoir ,
Ces Princes généreux, d'une âme peu commune (*a*),
Qu'élevaient aux grandeurs , le rang et la fortune ;
Qui , tous auraient péri dans ces horribles lieux ,
Si l'on eut plus long-tems sur toi fermé les yeux ;
Mais Dieu qu'ils invoquaient, et pour leur délivrance,
Dans leur cœur innocent conservait l'espérance.
Enfin , sans le secours de la divinité,
Tous obtenaient la mort et non la liberté.

Au cri du repentir loin de rendre les armes ,
Et de verser sur toi de pénitentes larmes,
Tu nourris tes transports. D'intriguans entouré ,
Tout te parut possible et rien ne fut sacré.
Tu croyas égaler le maître du tonnerre ,
Et, par rivalité commander à la terre.
Ah ! quelle illusion !..... Quelle témérité !
Quoi ! tu te comparais à la Divinité !

(*a*) Messeigneurs les Ducs de Polignac et autres.

Comment dans ce délire , outrage inconcevable !
Dieu ne tonna-t-il pas sur ta tête coupable ?

Furieux , tu courus attaquer les Etats ,
Des Princes , tes voisins, blanchis dans les combats,
Quand l'illustre exilé renonçant au silence (*a*),
Privé depuis long-tems d'exercer sa vaillance ,
Reprit , pour les Bourbons , la carrière de Mars ,
Et s'avança vers toi , sous d'autres étendarts.
Jour sanglant! jour funeste! où Moreau plein de gloire,
Expira sous le fer, en cherchant la victoire :
En te cherchant, cruel, et pour se mesurer ,
Pour te vaincre en héros , non pour t'assassiner.

Instruit de son retour , tu craignais sa présence.
Tu connaissais déjà ce bras et sa puissance.
Le bruit de son trépas irrita ton orgueil,
Tu voulus , à l'instant , d'une voix , d'un coup-d'œil,
Rallier les Français sous tes drapeaux funèbres.
Ils volèrent encor. Mais d'épaisses ténèbres,
Environnant ton char , flétrissant tes lauriers ,
Portèrent vers la mort tes imprudens guerriers.
Cinq fois tu pris la fuite , et ta nombreuse armée ,
Par tes lâches détours fut cinq fois abîmée.
Tigre altéré de sang , l'Eternel t'a puni ,
Pour le repos de tous , et ton règne est fini.

L'orage est sur ta tête : appréhende la foudre.
Un tourbillon a mis ton diadême en poudre :

(*a*) Moreau.

Ton sceptre en est atteint, et vient de se briser.
Ton trône, en s'écroulant, aurait dû t'écraser :
Fuis, tyran, il est tems. Ta cohorte égarée,
Eparse, loin de toi, triste et désespérée,
Honteuse, va gémir dans le fond des déserts,
Sur ses lauriers flétris par de justes revers.

Un lâche adulateur qui te reste et t'honore (a),
Se nourrit de l'espoir de t'encenser encore.
Impatient, il tonne : il conspire en tous lieux,
Et répand, en ton nom, des cris séditieux.
Sur un char teint de sang, attelé des furies,
Vagabond, il parcourt ces lointaines prairies,
Où ton art destructeur, le premier des fléaux,
Aux malheureux humains ouvrit tant de tombeaux.

Ses efforts seront vains. La céleste justice,
A signé ta sentence et veut que tu périsse.
Rends grâce aux Alliés que toi-même insultais,
S'ils te laissent le jour après tant de forfaits.

Vous, victimes du sort, mânes de l'innocence,
Ombres chères, hélas ! qui demandez vengeance,
Le ciel va seconder nos efforts et vos vœux.
Dispos, à votre voix, nos enfans, nos neveux,
Allumant leur courage aux flambeaux de la haine,
Chasseront de ces bords cette horde inhumaine,

(a) Le général Bertrand.

Et les amis zélés de cet usurpateur,
Qui fut de nos tourmens le criminel auteur.

DAIGNE le Tout-Puissant, maître des destinées,
De tous tes partisans abréger les années.
Qu'ils expirent ! qu'enfin descendus chez les morts,
Ils y soient déchirés des plus cuisans remords :
Et là, qu'en éclairant leurs crimes et leurs vices,
La vérité terrible ordonne leurs supplices.
Qu'ils souffrent à jamais ces esprits dangereux,
Mercenaires agens de tes projets affreux !

ENFIN du haut des cieux la paix est descendue.
La cause de nos Rois par elle défendue,
A rendu l'Eternel favorable à nos vœux ;
Et LOUIS, avec elle, a volé vers ces lieux.

LA France, sans regrets, dans cette paix profonde,
En replaçant BOURBON au premier rang du monde,
Verra, du même accord, dans ces heureux instans,
La joie étinceller au front de ses enfans.
Au char de ce bon Roi, Mars enchaîné lui-même,
N'abusera jamais de son pouvoir suprême :
Et l'horrible furie éteignant son flambeau,
N'osera plus, aux Lis, opposer son drapeau.

O FRANCE ! ô mon pays ! ô ma chère patrie !
La source de tes maux va donc être tarie.

Quel changement subit après tant de malheurs !
Puisse-tu de la paix conserver les douceurs !

O jour délicieux, à jamais mémorable,
Du plus doux avenir présage favorable !
Grâces aux Alliés, BOURBON nous est rendu,
Et l'intrigant craintif, en gémit, confondu.

LOUIS, pour qui la paix n'eut jamais tant de charmes,
Revenu parmi nous pour essuyer nos larmes,
Va rétablir ici cette tranquillité,
Qui, toujours, des Etats fait la félicité.

Pour soutenir son nom, les droits de sa couronne,
Français, fidels amis, rangez-vous près du trône.
Jurez de maintenir cet absolu pouvoir,
Qui, de sujets soumis, est le premier devoir.
Jurez aux pieds du Roi, respect, obéissance,
Et vous assurerez le bonheur de la France.
L'étranger attentif chantera vos vertus,
Et vos fiers ennemis gémiront, abatus.

FRANCE, réjouis-toi ! que des chants d'allégresse,
Remplacent tes soupirs, enfans de la tristesse !
LOUIS (a) près du Très-Haut intercède pour toi
Et pour son digne fils, ton légitime Roi.

(a) Saint-Louis.

Ce Dieu qui sait punir, n'est point inexorable.
Français, amis de l'ordre; oui, du ciel équitable,
Le vertueux BOURBON a mérité l'appui,
Il veillera sur vous, et l'Olympe sur lui.

ARBITRE des humains, grâces te soient rendues,
Nos prières, vers toi, n'ont point été perdues ;
Répands sur les BOURBONS tes célestes bienfaits,
Mesure-les aux maux qui leur ont été faits.
Conserve-nous LOUIS et soutiens son courage ;
La paix et le bonheur deviendront son ouvrage.
Entends-nous ; et reçois au pied de tes autels
De notre amour pour lui les sermens solennels.

VIVE LE ROI!

Peccatum que reget Patriis virtutibus orbem. VIRG.